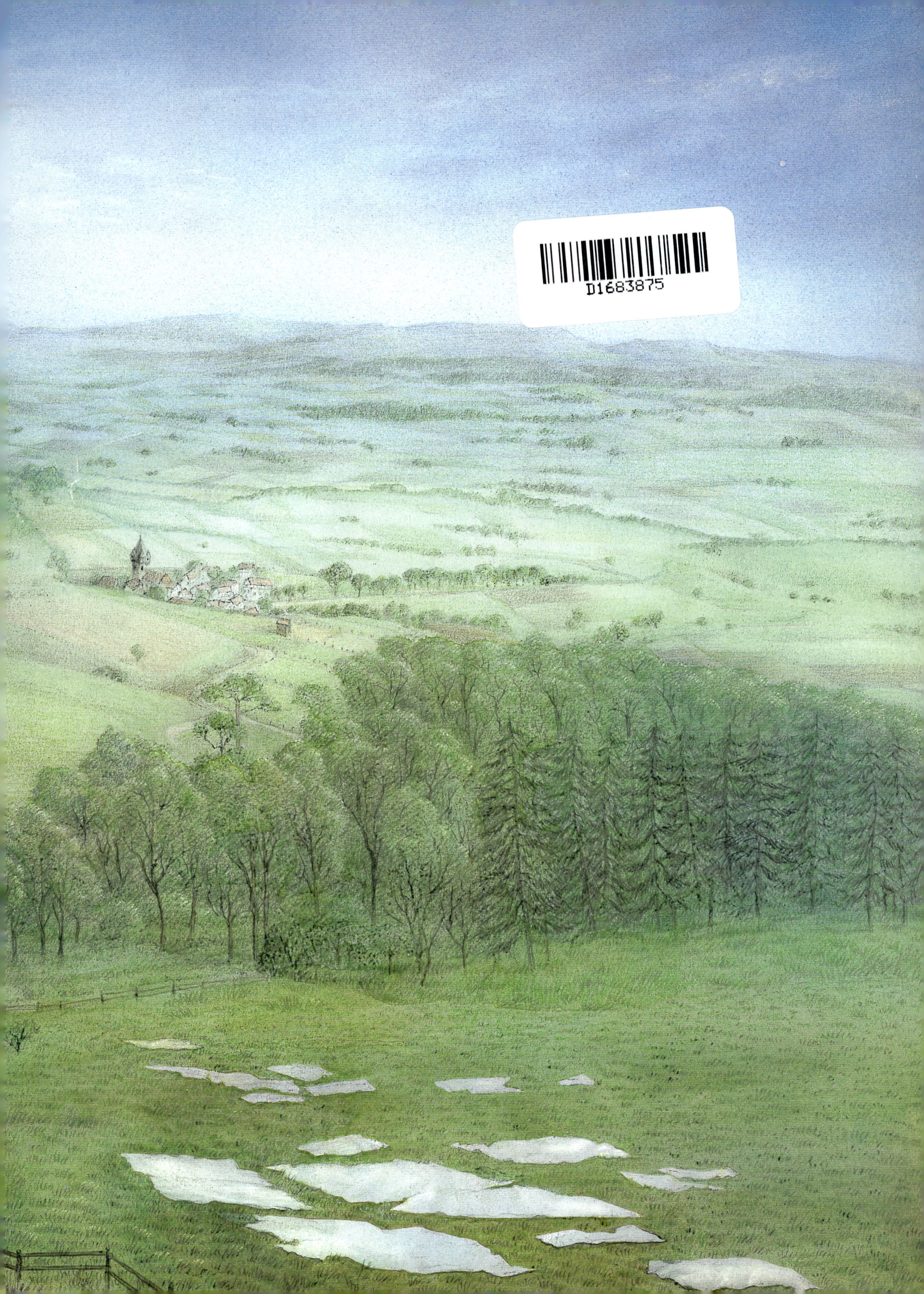

Text entspricht den neuen Rechtschreibregeln.

2. Auflage 1997

© 1996 Esslinger Verlag J. F. Schreiber, Esslingen, Wien.
Anschrift: Postfach 10 03 25, 73703 Esslingen
Alle Rechte vorbehalten. (14333)
ISBN 3-480-20002-8

Die Märchenfrau

Wie die Brüder Grimm ihre Märchen fanden

Erzählt von Arnica Esterl
Illustriert von Maren Briswalter

Esslinger

Dorthe Viehmann saß am Spinnrad. Das Rad schnurrte, und der dünne Faden glitt durch ihre Finger. Die Spule war fast voll. Sie wusste, dass der Leinweber auf ihr Gespinst wartete.

„Frau Dorthe", hatte er gesagt, „Eure Fäden sind so fein, daß ich sie für mein Leinen gut gebrauchen kann. Seht nur zu, dass Ihr bald fertig werdet."

Aber Dorthe war mit ihren Gedanken nicht bei der Arbeit. Draußen fing es schon an, dunkel zu werden, und bald würde eine ganze Schar Kinder zu ihr kommen. Jeden Samstag, wenn die Arbeit in der Schule und in den Häusern beendet war, durften die Kinder des Dorfes zuhören, wenn sie Märchen erzählte.

Eigentlich hatte sie nur ihren Enkeln die schönen Geschichten weitergeben wollen, die sie in der eigenen Kindheit gehört hatte. Aber es hatte sich bald im Dorfe herumgesprochen, dass Frau Dorthe so gut erzählen konnte. „Kommt nur!", hatte sie auch zu den kleinen Spielkameraden gesagt. „Sucht euch ein Plätzchen in der Stube und hört gut zu!"

Und die Kinder waren gekommen und hatten immer mehr Freunde und Geschwister mitgebracht.

Nun überlegte sie, welches Märchen sie ihnen heute erzählen würde.

Da flog schon die Türe zu der Stube auf und die ersten Kinder drangen herein. Sie hatten draußen ihre Schuhe und Toffeln ausgezogen und säuberlich in eine Reihe gestellt. Die Frau Schneidermeisterin war streng und sah auf Ordnung!
Dorthe schob das Spinnrad zur Seite, der Leinweber mußte noch warten.
Nun suchten sich die Kinder ein warmes Plätzchen wie die kleinen Vögel im Nest und sperrten Ohren und Mund auf, um kein Wort von dem Märchen zu versäumen.
Zu Dorthes Füßen saß ihr ältester Enkel, der nach seinem Urgroßvater Johann hieß. Er war auch jetzt der älteste im Raum und schaute gerne ein wenig auf die anderen herab. Aber auch er ließ sich die Erzählstunde nicht entgehen.
Dorthe fiel das Märchen von der Bauerntochter ein, die klüger als der König war, und sie fing an zu erzählen:

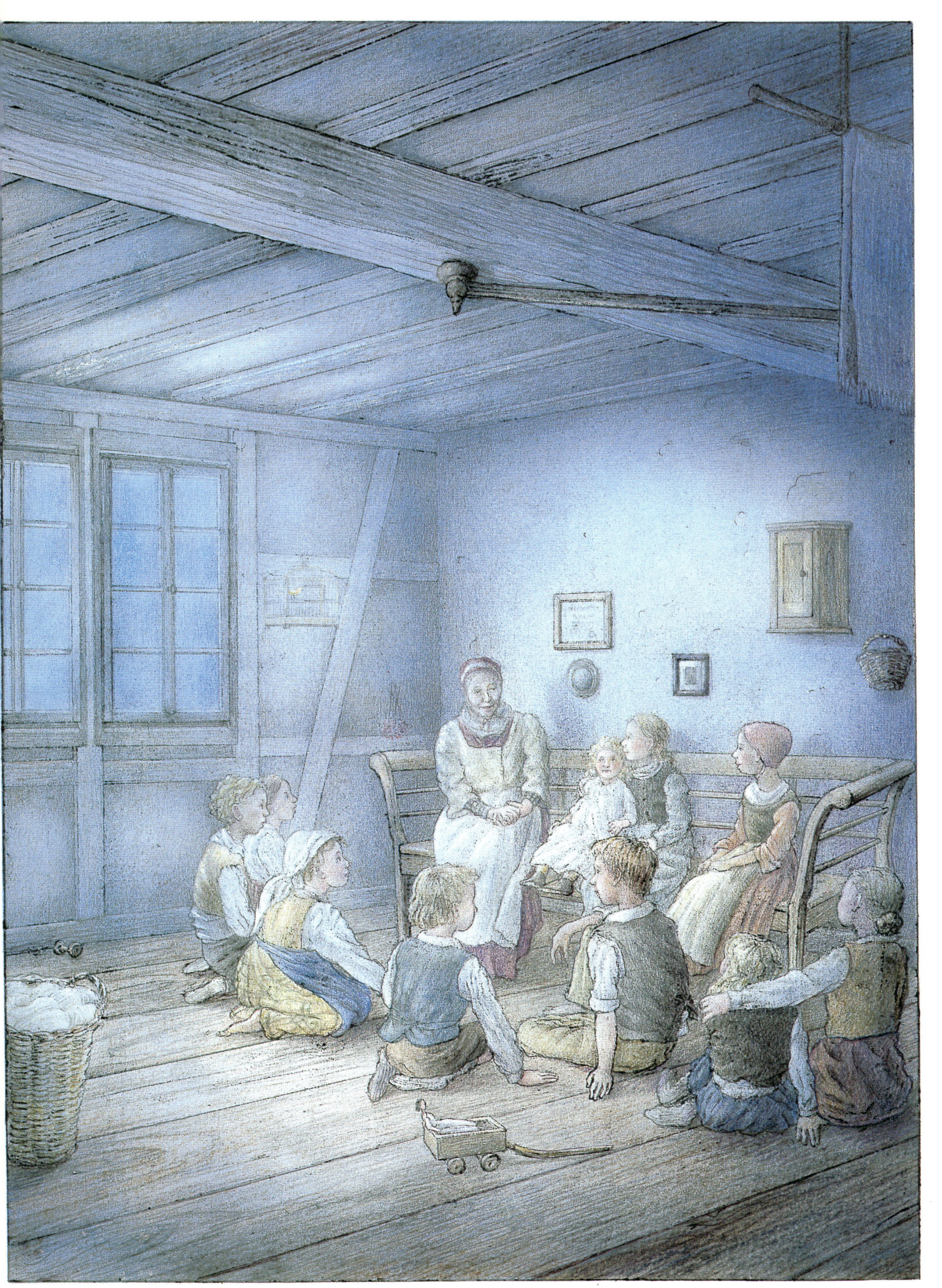

Es war einmal ein armer Bauer, der hatte kein Land, nur ein kleines Häuschen und eine alleinige Tochter, da sprach die Tochter: „Vater, wir sollten den Herrn König um ein Stückchen Rottland bitten." Da der König ihre Armut hörte, schenkte er ihnen auch ein Eckchen Rasen, den hackten sie und ihr Vater um, und wollten ein wenig Korn und derart Frucht darauf säen. Als sie den Acker beinah herum hatten, so fanden sie in der Erde einen Mörsel von purem Gold. „Hör'", sagte der Vater zu dem Mädchen, „weil unser Herr König so gnädig ist gewesen und hat uns diesen Acker geschenkt, so müssen wir ihm den Mörsel wiedergeben." Die Tochter aber wollt' es nicht bewilligen und sagte: „Vater, wenn wir den Mörsel haben und den Stößer nicht, dann müssen wir auch den Stößer herbeischaffen, darum schweigt lieber still." Aber der Bauer glaubte seiner Tochter nicht, trug den Mörsel zum König und wurde, da er den Stößer nicht bringen konnte, ins Gefängnis gesteckt. Da saß er nun und jammerte: „Ach! hätt' ich meiner Tochter nur gehört!" Das kam dem König zu Ohren, und er ließ den Bauern vor sich bringen. Der erzählte, daß seine Tochter ihn davor gewarnt habe, nur den Mörsel zu bringen. Da wollte der König das Mädchen sehen, und als sie kam, stellte er der klugen Bauerntochter eine Aufgabe: „Komm zu mir nicht gekleidet, nicht nackend, nicht geritten, nicht gefahren, nicht in dem Weg, nicht außer dem Weg, und wenn du das kannst, will ich dich heiraten."
Sie sprach: „Das Rätsel will ich wohl erraten."

Da ging sie hin und zog sich aus splinternackend, da war sie nicht gekleidet. Sie nahm ein großes Fischgarn und setzte sich hinein und wickelte es ganz um sich herum, da war sie nicht nackend. Und sie borgte einen Esel fürs Geld und band dem Esel das Fischgarn an den Schwanz, darin er sie fortschleppen mußte, und das war nicht geritten und nicht gefahren. Der Esel mußte sie aber in der Fahrgleise schleppen, so daß sie nur mit der großen Zehe auf die Erde kam, und war das nicht in dem Weg und nicht außer dem Weg. Und wie sie so daher kam, sagte der König, sie hätte das Rätsel getroffen, und es wäre alles erfüllt. Und er nahm sie bei sich als seine Gemahlin. Aber die Frau Königin war noch klüger als der König selbst und wagte es sogar einmal, einen Richtspruch zu verbessern, da sie ihn für ungerecht hielt. Das ärgerte den König, und er schickte sie zurück in ihr Bauernhaus. Nur ihr Liebstes durfte sie mitnehmen. Da gab sie ihrem Gemahl, dem König, einen Schlaftrunk. Als sie sah, daß er schlief, rief sie einen Bedienten und nahm ein schönes weißes Linnentuch und schlug ihn da hinein, und die Bedienten mußten ihn in einen Wagen vor die Tür tragen, und fuhr sie ihn heim in ihr Häuschen. Der König war sehr erstaunt, als er erwachte. Aber seine Frau trat vors Bett und sagte: „Lieber Herr König, Ihr habt mir befohlen, ich sollte das Liebste und Beste aus dem Schloß mitnehmen, nun hab' ich nichts Besseres und Lieberes als Euch, da hab' ich Euch mitgenommen." Da ließ sich der König aufs neue mit ihr vermählen, und werden sie ja wohl noch auf den heutigen Tag leben.

Einen Augenblick blieb es still im Zimmer, dann sagte ein Mädchen: „War das spannend!" Der Bann war gebrochen und lachend und lärmend verließen die Kinder das Haus.

Am anderen Tag in der Früh packte Dorthe ihren Korb mit Kohl, Eiern und einem geschlachteten Huhn voll und machte sich auf den Weg in die Stadt. Jede Woche brachte sie ihre Ware auf den Markt und einige gute Kunden besuchte sie auch zu Hause. So konnte sie zum täglichen Verdienst beitragen. Diesmal ging sie zum Hause des Pfarrers Ramus, der in Kassel die französische Gemeinde betreute. Sie wollte der Hausfrau das Huhn bringen und dabei einige Worte französisch sprechen.

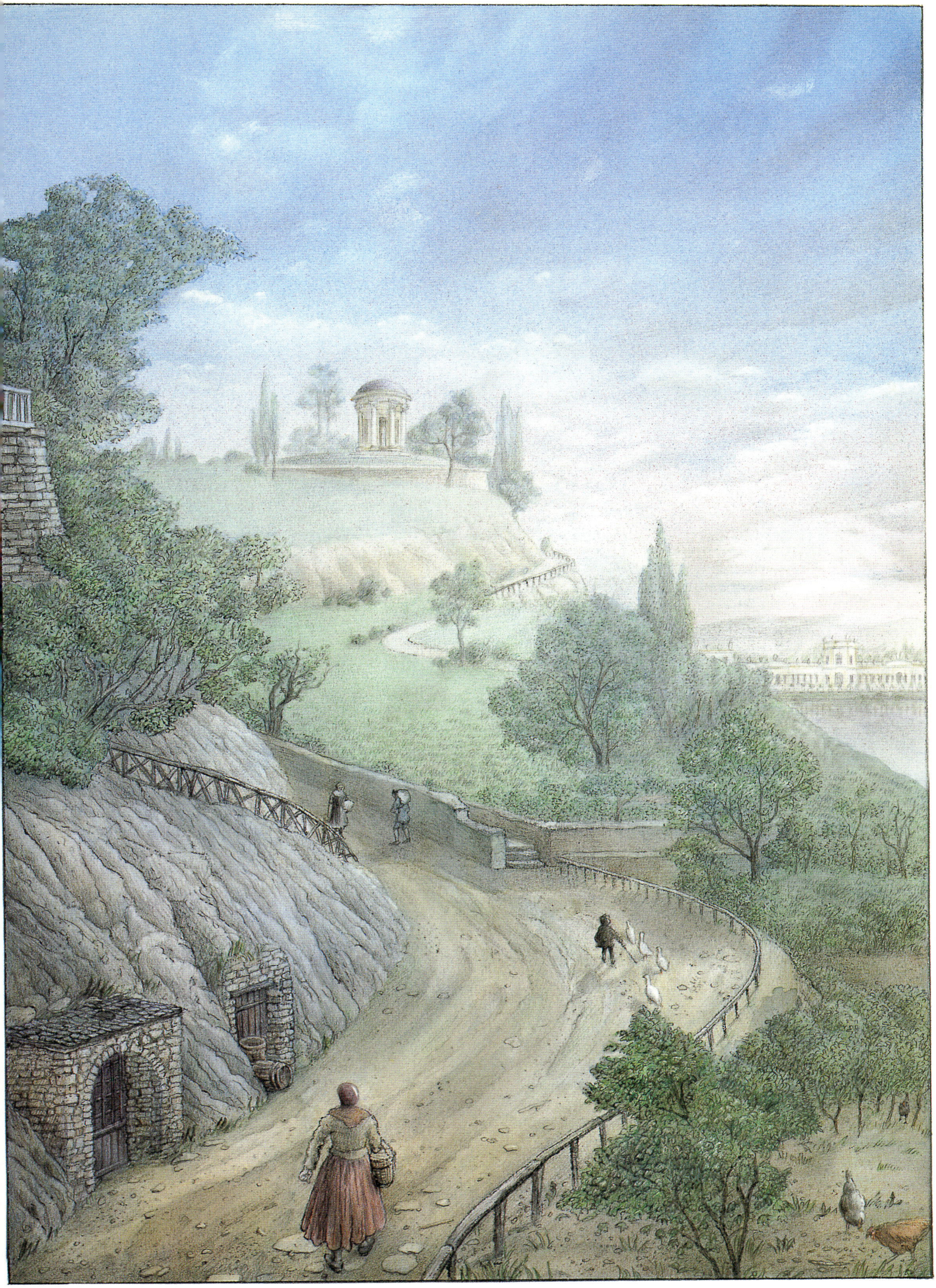

Als Kind hatte sie diese Sprache gelernt und manchmal sehnte sie sich zurück nach den alten Zeiten in dem Gasthaus „Die Knallhütte", wo ihr Vater der Wirt gewesen und wo sie geboren war. Auch dort war Arbeit in Hülle und Fülle gewesen. Aber Abend für Abend saßen dann die Reisenden, die mit der Postkutsche gekommen waren, die wandernden Gesellen, die ausgemusterten Soldaten, die Händler und Fuhrleute um den großen Eichentisch, redeten und erzählten Märchen, Sagen und Spukgeschichten. Ihr Vater rief dann wohl: „Komm zu uns, Dörtchen, und höre gut zu! Ich erzähle jetzt eine spannende Geschichte aus meiner französischen Heimat." Dann hatte sich die Wirtstochter dazugesetzt und mit offenen Ohren zugehört. Tief in ihrem Herzen hatte Dorthe diese Bilder bewahrt. Wenn sie jetzt erzählte, konnte sie dieselben Worte sprechen, die sie damals gehört hatte.

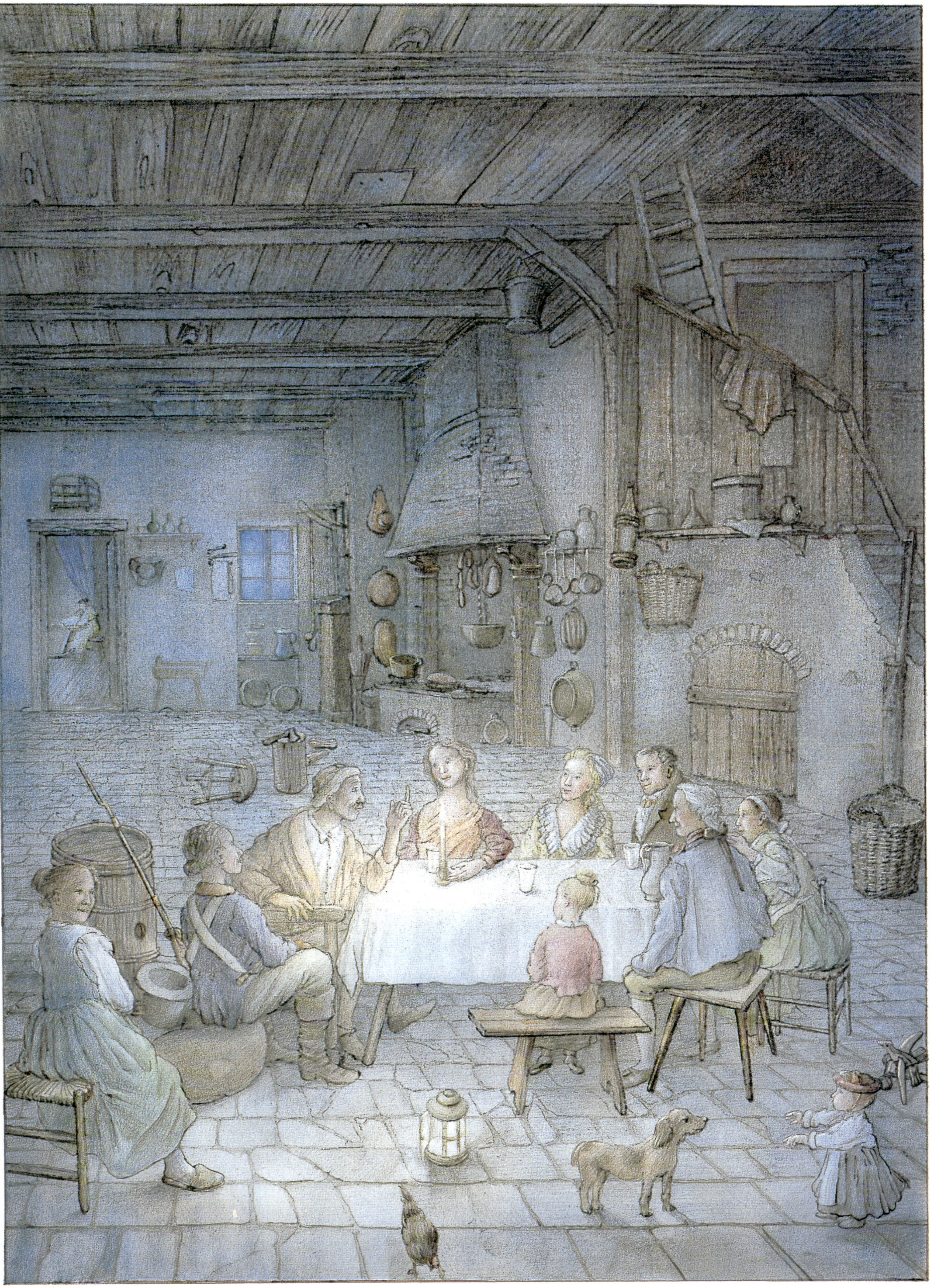

In Gedanken versunken war sie an der Tür des Pfarrhauses angelangt. Da kamen ihr schon die Töchter der Familie entgegen. „Die Viehmännin ist da!", riefen sie voller Freude. „Ach, kommen Sie doch herein und erzählen Sie uns ein Märchen!" Der Pfarrer unterstützte ihre Bitte. „Frau Viehmann", sagte er, „meine Kinder lieben die Märchen so sehr. Tun Sie ihnen den Gefallen! Sie haben außerdem eine Freundin, die ihren Brüdern nach dem Tode der Mutter den Haushalt führt. Es sind junge Leute, die allerlei Märchen kennen und nicht satt werden, neue zu hören. Die Herrschaften lassen bitten, ob Sie ihnen ein andermal auch erzählen wollen?"
Dorthe zögerte. Sie hütete ihre Geschichten wie einen Schatz und war nicht bereit, sie an irgendwelche neugierige Fremde weiterzugeben.
Aber die Töchter des Pfarrers kannte sie ja schon. „Kommt nur", sagte sie. „Euch werde ich jetzt das Märchen von dem Dummling und den drei Federn erzählen."
Die Pfarrerstöchter gaben noch nicht auf. „Dürfen wir unserer Freundin sagen, dass wir Sie nächstes Mal zu ihr führen werden?", baten sie. Die Märchenfrau nickte.

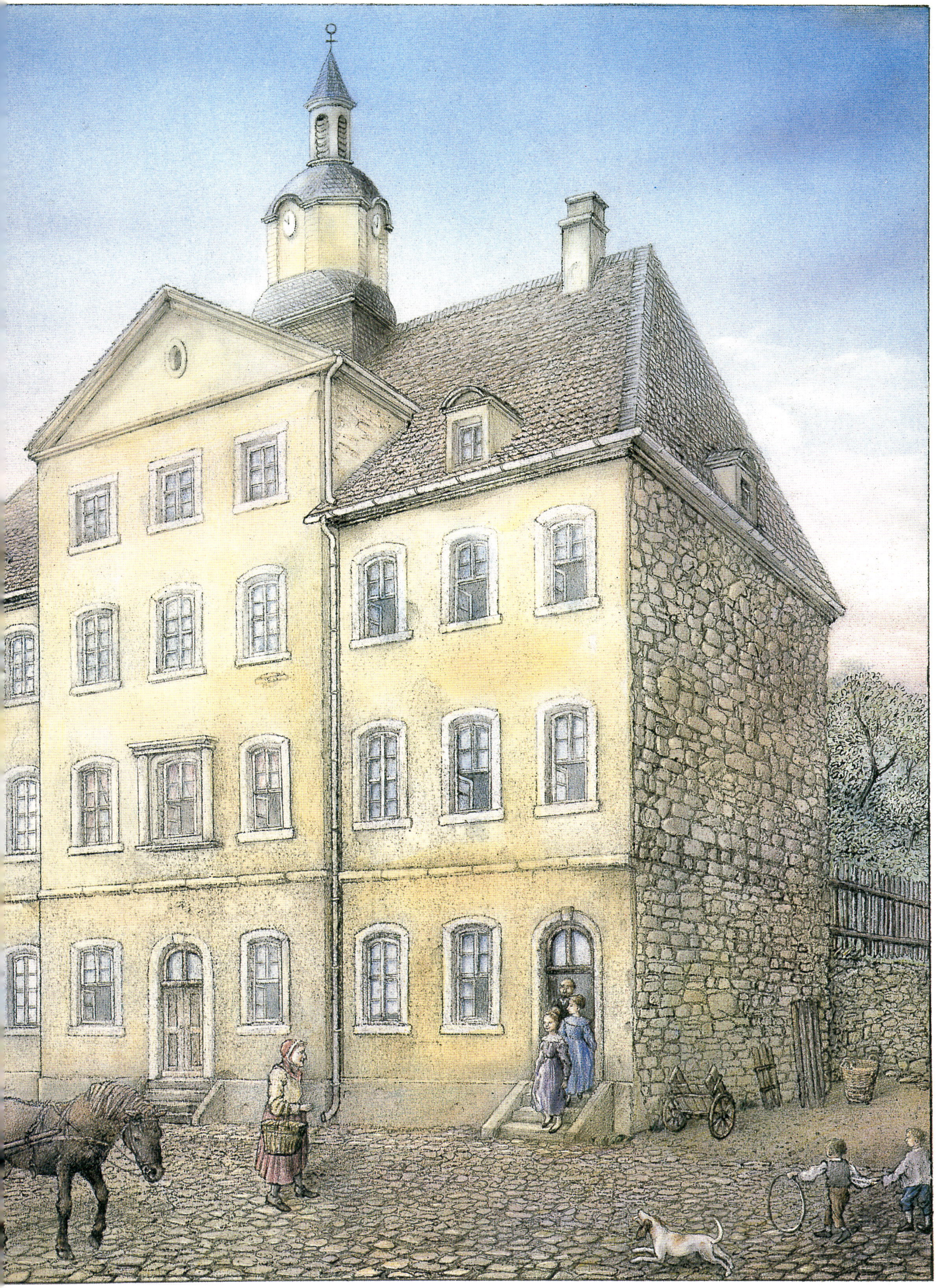

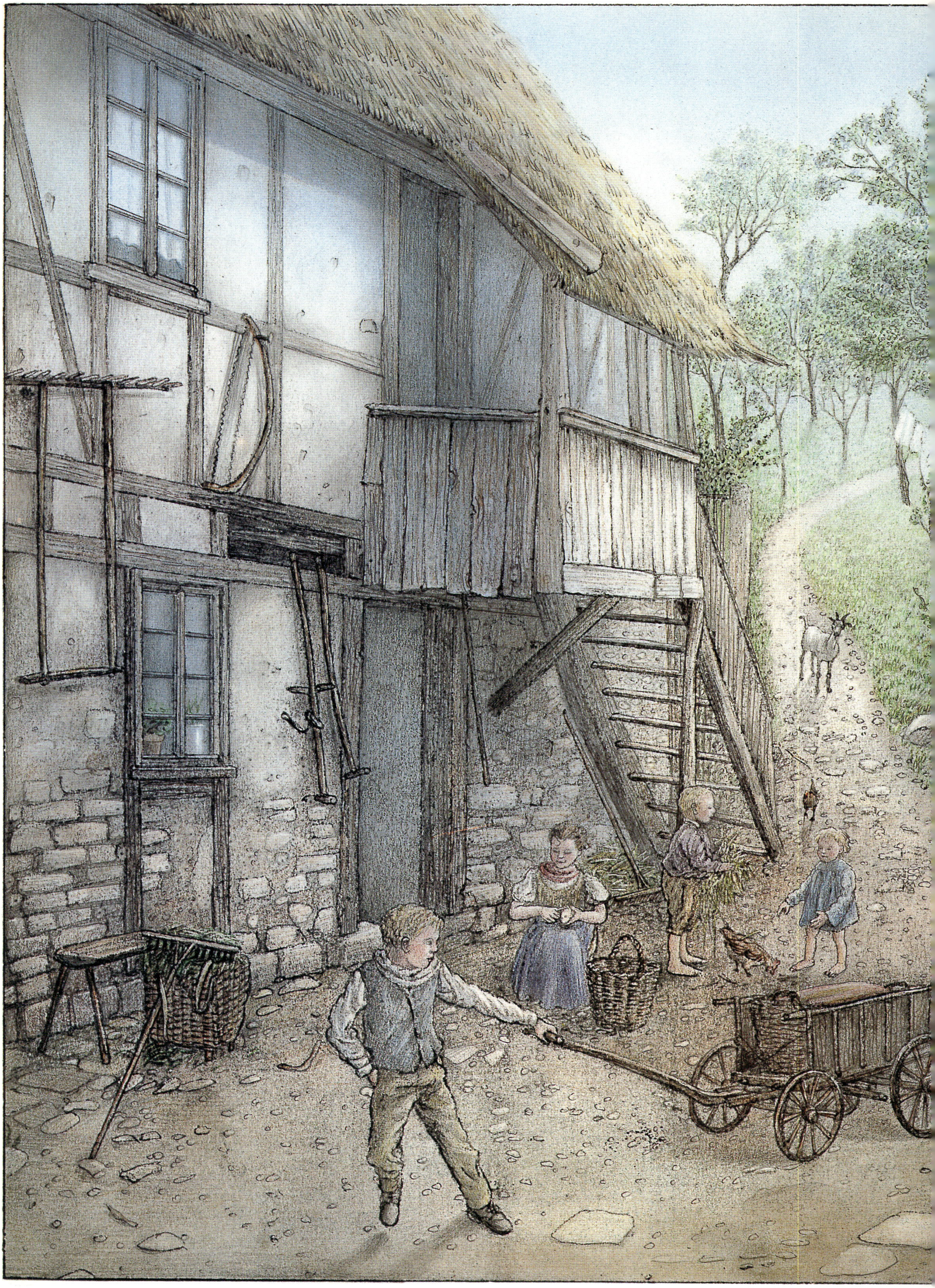

In der Mittagsstunde wanderte Dorthe wieder nach Hause, den leeren Korb am Arm. Sie war müde und bedrückt. Ihre älteste Tochter hatte am Morgen erzählt, dass der Mann, Vater ihrer sechs Kinder, schwer erkrankt sei. „Marie", hatte Dorthe gesagt, „verliere nicht den Mut. Er wird wohl wieder gesund werden." Aber sie war sich nicht so sicher. Und sie kannte die Nöte einer großen Familie. „Ich habe doch selbst sechs Kinder geboren", dachte sie. „Und mein Mann, der Schneidermeister von Niederzwehrn, braucht immer fleißige Hände bei der Ablieferung der Kittel, Röcke und Beinkleider, die er für die Bürger genäht hat. Frisch gebürstet und gebügelt sollen die sein. Da müssen die Kinder der Marie jetzt mithelfen und sie forttragen. Außerdem muss im Garten gejätet werden, und wer mistet den Hühnerstall aus? Und wie sollen wir am Waschtag mit so viel schmutziger Wäsche je fertig werden?" Dorthe wusste keine Antwort.

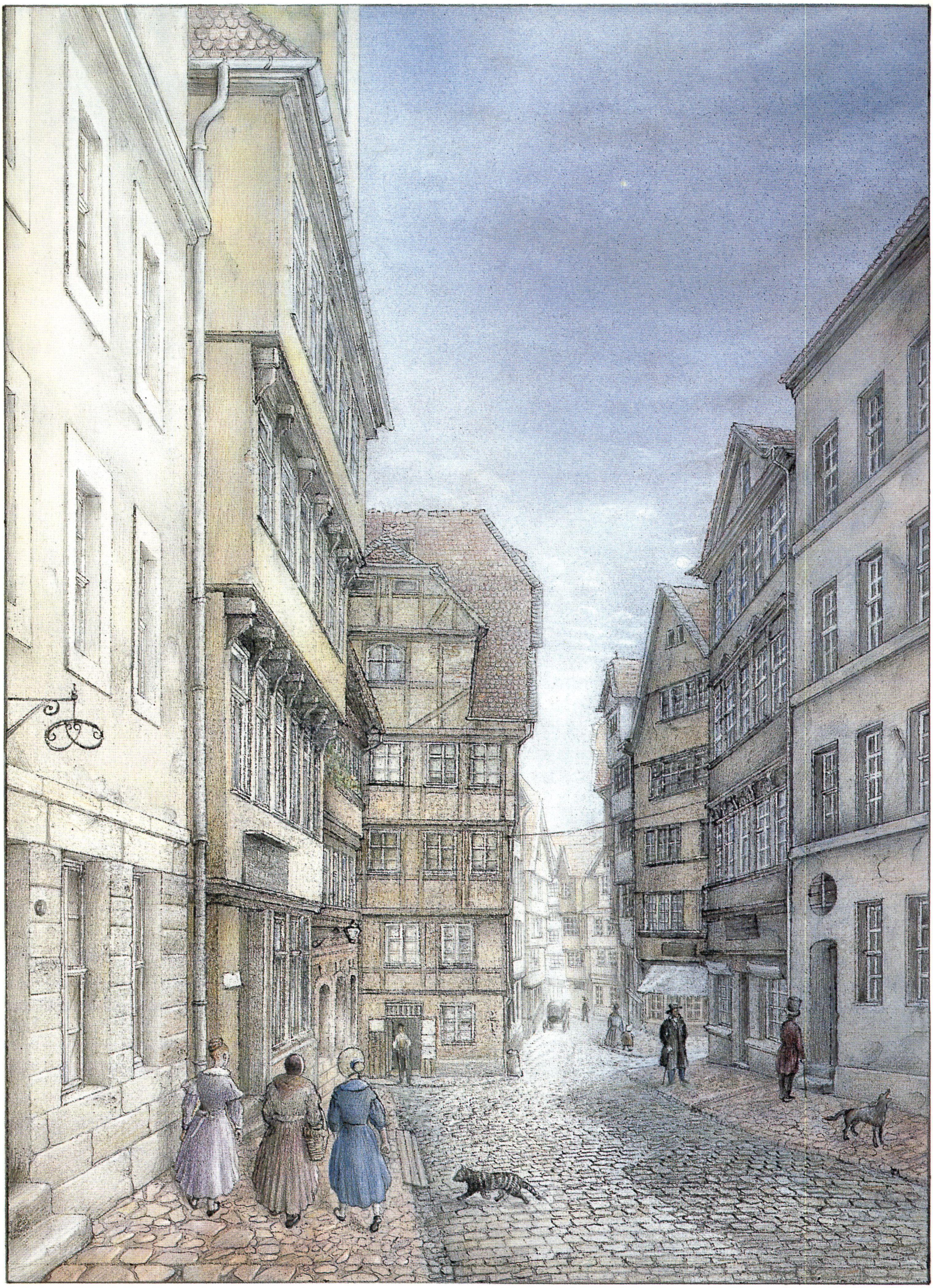

Einige Monate später saß die Märchenfrau in der Marktgasse zu Kassel der jungen Lotte Grimm gegenüber.
Die Pfarrerstöchter hatten sie dorthin gebracht. Mit einer Tasse Kaffee wurde „die Viehmännin", wie sie auch hier genannt wurde, willkommen geheißen. Dorthe trank bedächtig. Kaffee war ein allzu seltener Genuss für sie und das heiße Getränk tat ihr wohl. Lotte wartete auf ihre zwei Brüder, Jakob und Wilhelm, die sehr begierig waren, auch den Märchen zuzuhören.
„Was werden Sie uns erzählen?", fragte sie. „Meine Brüder sammeln nun schon seit Jahren die alten Geschichten. Ein ganzes Buch haben sie herausgegeben. Dürfen sie Ihre Erzählung dazuschreiben?" Wieder zögerte Dorthe. Sollten ihre Geschichten auch noch aufgeschrieben werden? „Ach", dachte sie dann, „ich bin schon alt. Mögen sie doch aufschreiben, was ich noch weiß."

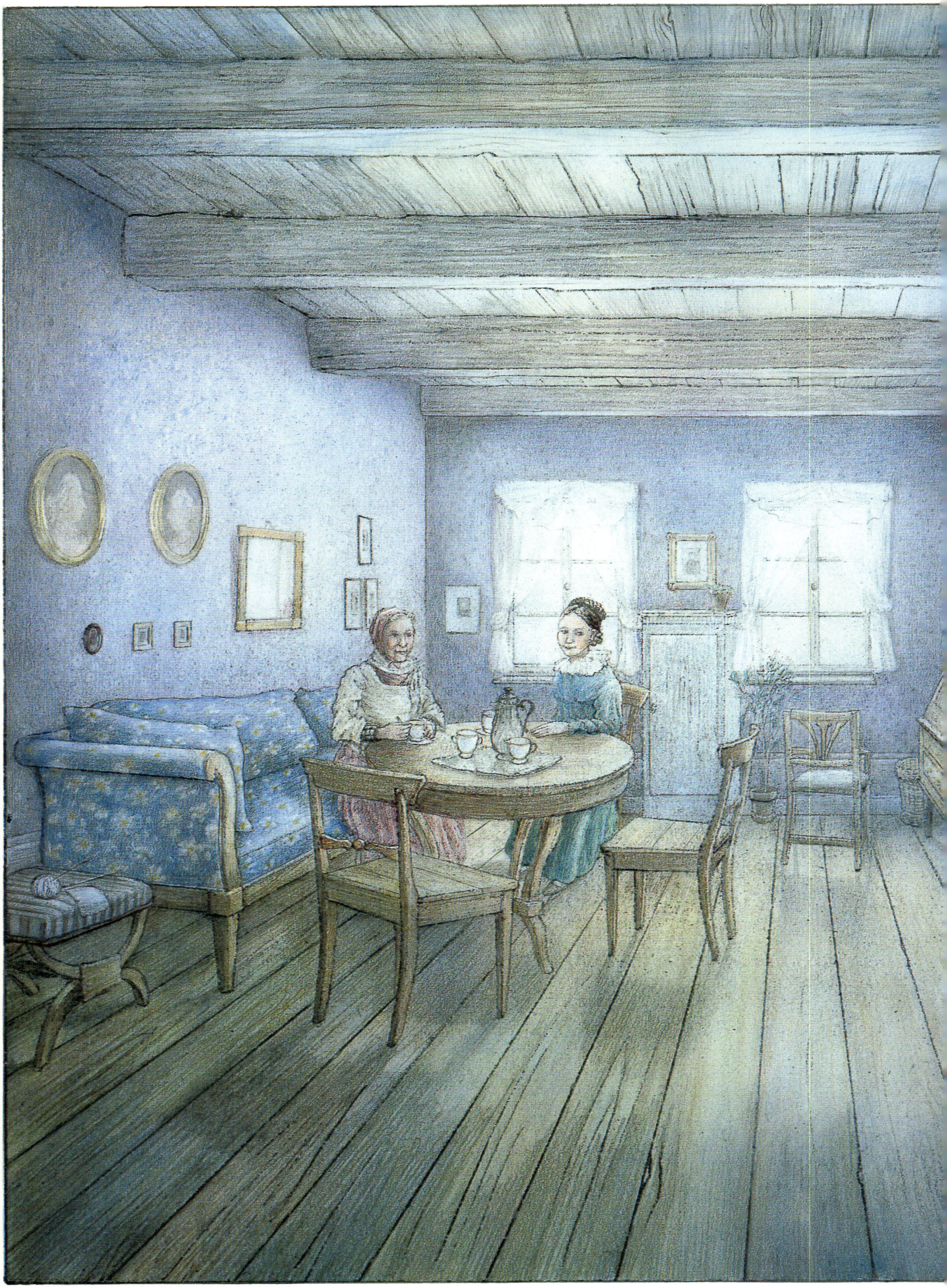

In dem Augenblick traten zwei Brüder der Lotte herein, der ältere mit ernstem Blick, der jüngere mit freundlichen, verträumten Augen. Sie hatten Papier und Feder mitgebracht, und als Dorthe zustimmend nickte, setzten sie sich erwartungsvoll an den Tisch.
Dorthe erzählte ruhig, bedächtig und dabei ungemein lebendig. Der jüngere Bruder, Wilhelm Grimm, schrieb die Worte mit. Die Märchenfrau war auch gerne bereit, einen Satz zu wiederholen, und manchmal verbesserte sie ein falsch gewähltes Wort. Als sie das Versehen sprach:

> „O du Falada, da du hangest,
> O du Jungfer Königin, da du gangest,
> wenn das deine Mutter wüßte,
> das Herz thät ihr zerspringen."

standen der Lotte die Tränen in den Augen. Aber dann lachten die hellen Augen der Viehmännin verschmitzt, und sie sprach rasch den Zauberspruch der Gänsemagd:

> „Weh', weh', Windchen,
> nimm Kürdchen sein Hütchen,
> und laß'n sich mit jagen,
> bis ich mich geflochten und geschnatzt
> und wieder aufgesatzt."

Da freute Lotte sich wieder.

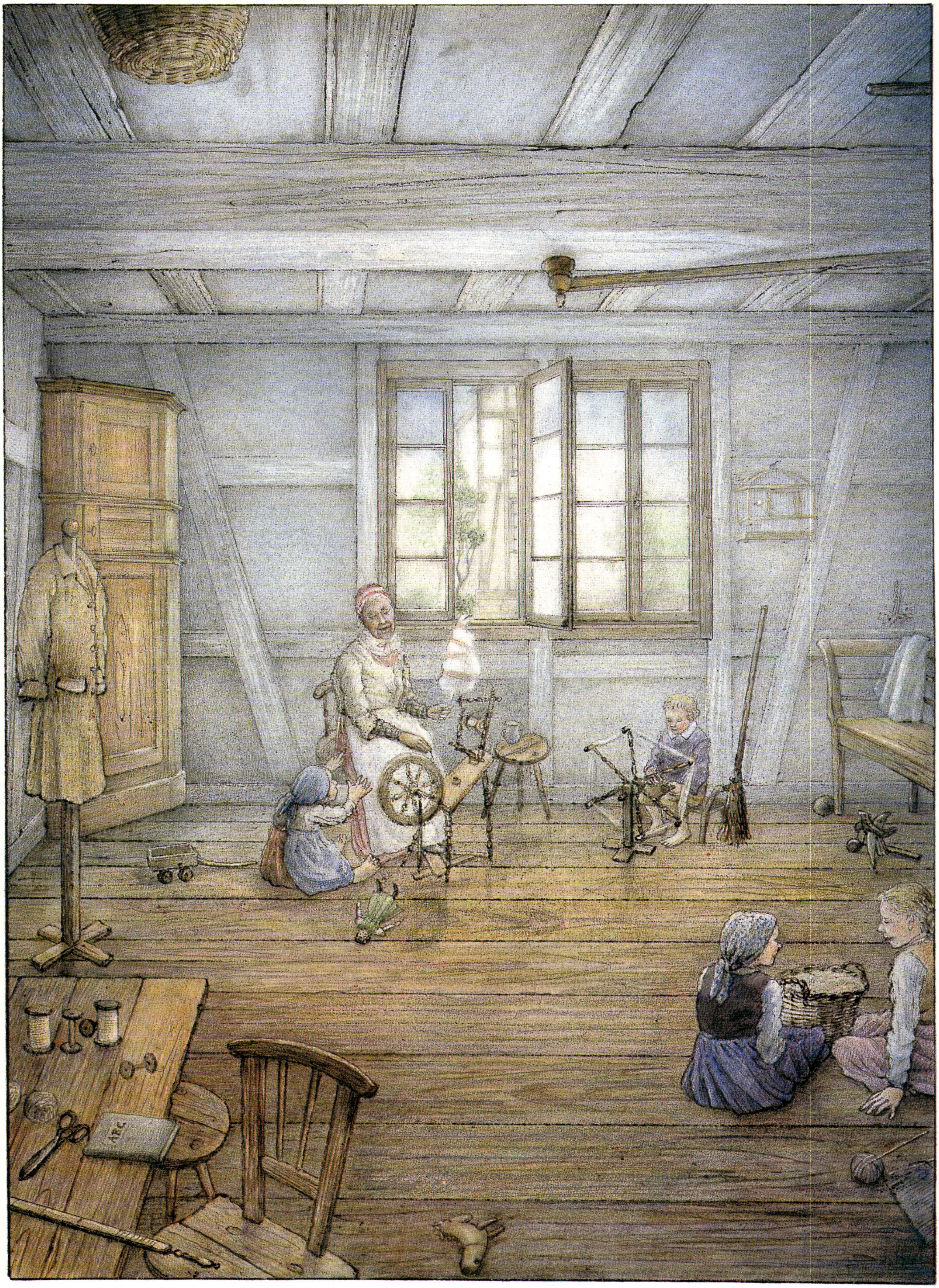

Und so wanderte Dorthe viele Male den Weg von ihrem Haus nach Kassel und wieder zurück. Sie erzählte vom Teufel mit den drei goldenen Haaren und von den drei Männlein im Walde, von der faulen Spinnerin und von Hans mein Igel, von der klugen Else und von der Gänsemagd. Des Teufels rußigen Bruder, das Mädchen ohne Hände und den Müller und das Kätzchen lernten die Brüder Grimm durch sie kennen. Einen ganzen Schatz an Märchen trug sie ihnen zu, bis diese den zweiten Band ihrer Sammlung herausgeben konnten.
Zu Hause aber herrschte Not. Der Mann ihrer ältesten Tochter war gestorben. Dorthe hatte Marie und die Enkelkinder zu sich genommen. Aber wie sollten sie alle satt werden?
Blass und müde kam die Viehmännin noch einmal nach Kassel und erzählte Wilhelm Grimm das Märchen vom Teufel und seiner Großmutter. Darin waren drei hungrige Soldaten, die vom Teufel gerettet wurden und dann ihrerseits mutig den „alten Drachen" überlisteten. Ja, Hunger hatte Dorthe jetzt auch kennen gelernt. Wilhelm versuchte, sie zu trösten. „Ich will mich darum bemühen, im Waisenhaus einen Platz für die Kleinen zu finden", sagte er.

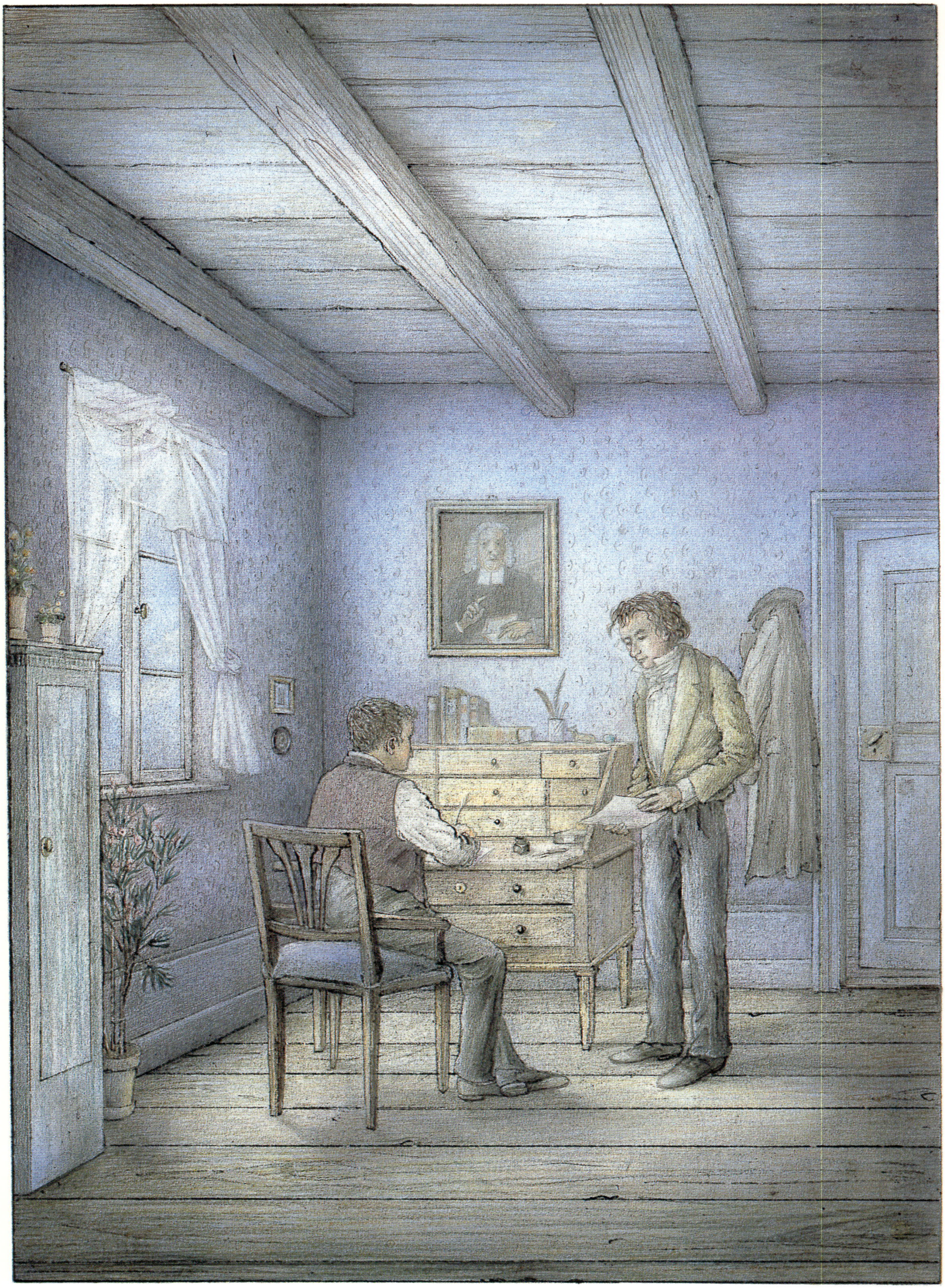

Aber nach diesem Besuch hatte die Viehmännin keine Kraft mehr, nach Kassel zu kommen. Zu Hause musste sie sich hinlegen. Ihr Enkel Johann pflegte sie und war bei ihr, als sie für immer die Augen schloß.

Das Bild aber, das Ludwig, der dritte Bruder Grimm, von ihr gezeichnet hatte, wurde in die Märchensammlung aufgenommen. Noch heute freuen wir uns über den Blick ihrer klaren Augen. Es ist, als ob sie uns wieder und wieder Märchen erzählen möchte.

Die Brüder Jakob und Wilhelm Grimm begannen in den Jahren 1806 und 1807, Volksmärchen, alte Lieder, Sprichwörter und Redewendungen zu sammeln. Angeregt dazu wurden sie durch die Dichter Achim von Arnim und Clemens Brentano, die selbst eine Liedersammlung vorbereiteten. Schon bald entdeckten die Brüder jene Geschichten, die von Mund zu Ohr erzählt worden waren und nun verloren zu gehen drohten, und sie wandten sich immer mehr den alten Märchen und Sagen zu.

Nicht nur in Büchern und Bibliotheken wurde geforscht. Jakob und Wilhelm befragten vor allem Freundinnen, Freunde und Bekannte nach den Märchen, die sie von ihren Ammen, von der Wirtschafterin im Hause und von den einfachen Menschen in ihrer Umgebung gehört hatten. Bald sammelten die Brüder für ein eigenes Märchenbuch.

So fand sich ein Kreis von etwa fünfundzwanzig jungen Leuten, die sich bei der kaum siebzehnjährigen Lotte Grimm regelmäßig trafen. Die gesammelten Schätze wurden ausgetauscht, Briefe wurden vorgelesen, die neue Märchen enthielten, und es wurde von der Suche nach Erzählerinnen und Erzählern berichtet.

Nicht immer war es leicht, die Märchenfrauen zum Erzählen zu bringen. Manche hüteten ihre Schätze vor neugierigen Ohren, manche wagten nicht, Ammengeschichten, von denen sie nur Bruchstücke im Gedächtnis trugen, weiterzugeben. Es war nicht üblich, dass Frauen im größeren Kreise ihre Märchen erzählten. In Spinnstuben, bei der gemeinsamen Arbeit in Küchen und Waschräumen, an Feierabenden in der Familie wurden freilich die Geschichten weitergetragen. Und wenn sich herumsprach, daß eine Märchenfrau gut erzählen konnte, fanden sich nicht nur die Kinder, sondern auch viele Erwachsene gerne bei ihr ein.

Durch die Töchter des Kasseler Predigers Ramus lernten die Brüder Grimm im Jahre 1810 die Märchenfrau von Niederzwehrn, Dorothea Viehmann, kennen. Wilhelm Grimm schreibt über sie:

„Diese Frau, noch rüstig und nicht viel über 50 Jahre alt, hat ein festes und angenehmes Gesicht, blickt hell und scharf aus den Augen und ist wahrscheinlich in ihrer Jugend schön gewesen. Sie bewahrt die alten Sagen fest in dem Gedächtnis, welche Gabe, wie sie sagt, nicht jedem verliehen sei und mancher gar nichts behalten könne. Dabei erzählt sie bedächtig, sicher und ungemein lebendig, mit eigenem Wohlgefallen daran."

Wilhelm Grimm schrieb diese Märchen in den Jahren bis 1814 mit Freuden auf und sagte zu ihrer Bedeutung:
„Wo sie noch da sind, leben sie so, daß man nicht daran denkt, ob sie gut oder schlecht sind, poetisch oder für gescheite Leute abgeschmackt: man weiß sie und liebt sie, weil man sie eben so empfangen hat, und freut sich daran ohne einen Grund dafür..."

Die bekanntesten Märchen, welche die Brüder Grimm nach dem Erzählen der Dorothea Viehmann in den zweiten Band ihrer Sammlung aufgenommen haben, heißen:
Der treue Johannes (6), Die zwölf Brüder (9), Der Teufel mit den drei goldenen Haaren (29), Das Mädchen ohne Hände (31), Die kluge Else (34), Das Bürle (61), Die drei Federn (63), Sechse kommen durch die ganze Welt (71), Die Nelke (76), Die Gänsemagd (89), Die kluge Bauerntochter (94), Doctor Allwissend (98), Des Teufels rußiger Bruder (100), Der Zaunkönig und der Bär (102), Der arme Müllerbursch und das Kätzchen (106), Hans mein Igel (108), Der gelernte Jäger (111), Die klare Sonne bringt es an den Tag (115), Die drei Feldscherer (118), Der Teufel und seine Großmutter (125), Der Eisenofen (127), Die faule Spinnerin (128).
(In Klammern steht die Nummer in der Gesamtausgabe.)

Auch heute gibt es Frauen und Männer, die nach der alten Tradition Märchen erzählen. Alle Menschen hören ihnen gerne zu, Kinder und Erwachsene, Junge und Alte, Kranke, Fröhliche und Betrübte. Märchen verbinden die Menschen und durch das Erzählen und Zuhören können wir viel über alte Gebräuche erfahren.

Arnica Esterl